花间新咏

草川女 著

河北大学出版社

图书在版编目（CIP）数据

花间新咏 / 草川女著. -- 保定 ：河北大学出版社，2017.12
ISBN 978-7-5666-1253-3

Ⅰ. ①花… Ⅱ. ①草… Ⅲ. ①诗集－中国－当代 Ⅳ. ① I227

中国版本图书馆 CIP 数据核字 (2017) 第 285204 号

花间新咏

出 版 人：耿金龙
责任编辑：杨　洋
封面设计：杨艳霞
责任印制：靳云飞
出版发行：河北大学出版社
地址：河北省保定市七一东路 2666 号　邮编：071000
电话：0312-5073033　0312-5073029
邮箱：hbdxcbs818@163.com　网址：www.hbdxcbs.com
经　　销：全国新华书店
印　　刷：保定市北方胶印有限公司
开　　本：150mm×230mm　1/16
印　　张：8.625
字　　数：78 千字
版　　次：2017 年 12 月第 1 版
印　　次：2017 年 12 月第 1 次印刷
书　　号：ISBN 978-7-5666-1253-3
定　　价：24.60 元

花间自有真情在
——草川女《花间新咏》序

在过去两年多的时间里，诗人草川女先后出版了《草川女诗稿》《草川女诗词》和《红色史诗》三部诗集。2016年，河北省诗词协会还专门为其召开过作品研讨会，评价和肯定了他的创作成绩。我也曾在一篇文章中赞誉草川女是燕赵诗坛上涌现的一位“红色诗人”。因为就过往作品的内容来看，诗人的创作更多偏重于“红色”这一主题。岂料两年之后，草川女的第四部诗集《花间新咏》亦将问世。当草川女先生把《花间新咏》手装本送到我面前时，我感觉非常惊讶！因为《花间新咏》一改过去之“红色”题材创作，真真切切写出了100首富有花间情感的作品，这不仅颠覆了我对诗人原来的创作印象，也颠覆了诗人的创作风格，表现出了诗人的创作风格富于变化的特点。此作品将多题材、多创作、多风格融为一体，令人刮目相看。

在中华诗词的创作史上，人们习惯将不同的创作题材、创作风格和创作人物进行归纳分类，如豪放派、婉约派、雅正派、花间派、边塞诗派、田园诗派、苦吟派等，这样的分法不无道理，对于学习借鉴者来讲，便于更好地领会、掌握和把握本质。但是，这样的分法其局限性在于，突出了诗人的某种风格，而忽视了作品的其他特色。例如，豪放派的代表人物苏轼，一生也创作过多首婉约派的作品；婉约派的代表人物李清照，也创作过豪放派的作品。我们常常赞叹一代伟人毛泽东的作品大气磅礴，叱咤风云，独领风骚，但是，毛泽东的一些诗词也具备婉约的特点。“挥手从兹去。更那堪凄然相向，苦情重诉。眼角眉梢都似恨，热泪欲零还住”，这样感情真挚的诗句，无疑是婉约派的典型代表。因此，诗人应依据题材、环境、感悟去创作，而不能拘泥于何种派别。《花间新咏》一改往日“红色”“革命”“昂扬”的题材，从“花间”入手，轻吟浅唱，以景寄情，亦褒亦贬，爱憎分明，值得肯定。

丰富的情感是人类独有的思维方式。凡社会之人，不论其地位高低，职业如何，感情伴随着每个人的一生而存在和延续，只不过在表现上有时含蓄，有时明朗，有时直率，有时隐讳。文学创作则是人类情感的高度提炼、概括和凝聚。女人需要有情感，男人需要有情感，因而就有了“无情未必真丈夫”“无情未必真豪杰”的理论。《花间新咏》的许多作品单从题目看，显得很简单，如《永夜》《春山》《春城》《中秋》《拜武侯祠》《登庐山》等等，但字字行行注满了一个“情”字，每一首诗都表现出了诗人的真情实感。“自古红颜爱最真，风霜无奈总沾身”，道出了“红颜”的悲凉与无奈；“泽畔秋风声渐弱，缘何还不扣门来”，道出了“红颜”的祈盼与向往；“窗前红泪轻轻拭，此去天涯又几秋”，道出了“红颜”的眷恋与离恨。诗人以四季景色、花木山水、心思绪梦入题，采取比喻、借喻、暗喻、悟喻多种比兴手法，多角度、多侧面地展示了“红颜”们或喜乐、或愁怨、或愤懑、或离别的各种场景与心绪，真情假意、悲欢离合、高昂低调尽在其中，可谓是“红颜”诗境的琳琅展示。

诗词艺术的创作，离不开形象思维。形象思维，又称艺术思维，是文学家在文学艺术创作中应用的基本方式。创作者通过对现实事物的观察和分析，选取具体的和典型的感性材料，运用联想、想像和幻想，伴随作者的强烈情感，塑造出完整的艺术形象，用以表达出事物的本质。脱离了形象思维，便不能构成完美的艺术。草川女的诗作，对于真情实感的叙述，常常隐喻在花间细柳、山水风貌中。诗人用常见的自然景观勾勒出人间的男倾女慕、挚爱真情。“深情蝶化觅知己，天下英雄有几人”，融入了梁祝化蝶的美好爱情，表达了女子对于英俊潇洒男子的倾慕；“海枯石烂语狂癫”“醒来梦断驿桥边”，揭示了逢场作戏、华而不实的男女主角的丑恶嘴脸；“唯有梅花真本色，笑迎冰雪傲严冬”，用梅花的耐寒风骨比喻男女爱情的纯洁、坚韧、高尚。自然现象是无意识、无思维的，关键在于诗人灵感和情感的注入，有了诗人的灵气，诗作才会灵动起来。草川女深得其中奥秘，因此，他的作品不刻板、不枯燥，灵秀灵气，十分感人。

如果仅仅停留在《花间新咏》情感的叙述上，显然我们对于作品的理解还是十分肤浅和不到位的。实际上，诗人不是简单地在描摹和叙述情感，而是把情感放在一个个特定的场合去阐述更为深层的思考。这种思考也是诗词创作的本质所在。对于古今社会存在的妓女、舞女、歌女现象，不论她们的背景如何，是自愿还是被迫，诗人都持一种批判的态度来叙述、来描摹。在叙述和描摹中鞭挞了丑陋、罪恶、陋习，弘扬了一种正气、正能量、真善美、德尚行，这就使情感上升到一个新的境界。“月色轻柔入梦乡，多情永夜枕成双。晨光扰乱花间事，骚客魂惊泪染裳。”这里既有卖身女的无奈，也有嫖娼客的忏悔。“沦落风尘似断鸿，伤心无度影飘零。无边苦雨潇潇下，一任魂销夜夜惊。”如果说过去的年代陪侍者还是一种合法的职业的话，那么在今天已经成为一种社会毒瘤和非法交易，所以“夜夜惊”也就不足为怪了。“葡萄美酒夜光杯，只为伊人带笑陪。血色玫瑰花下客，几多真爱几多贼。”在贼的世界和贼的阴影里，几多真爱肯定是难以找寻的。

100首《花间新咏》作品，全是用格律诗词中的七绝体写成，难能可贵。写诗难，写绝句更难。短短的28个字，不仅包括了格律诗基本要素的全部起承转合，而且诗意、诗境还要上得去、放得开、收得住，故而难度很大。草川女敢于在绝句方面下功夫，足见他锲而不舍的进取精神和扎实的求学态度。纵观书中的诗章，有不少上乘的作品。如，诗人写《梨花》：“玉骨冰肌俏美人，清纯楚楚伴瑶琴。寒香过后争先秀，早把芳心许给春。”一片梨海无垠，迎着早春的寒风飘然而至，带给人间一番琼楼仙境，是梨花带来了春天，使人间出现了生机勃勃的迷人景象。诗人写《并蒂莲》：“欲把凡尘撇扯清，花间无奈总飞红。情人不忍离别痛，化作双莲并蒂生。”在诗中，花中有人，人中有花，花事与人事思不同而道归同，花、人相映、相融、相合，成为一道独特的风景。

花间自有真情在，注入诗声总是春。作为一位勤奋的诗人，草川女在诗词创作上已经取得了不凡的成绩，他的许多作品也荣登省城和各类媒体的显著版面，他的创作也受到了诗界和社会读者的肯定和赞誉。未来的道路还很长，诗词创作是一门扎实的学问，相信在今后，草川女会日臻完善，在创作中不断登上一个个新的台阶。

梁剑章

2017年10月1日

梁剑章：中华诗词学会常务理事、中国散文学会理事、河北省诗词协会常务副会长兼秘书长、河北散文学会常务副会长兼秘书长。

自 序

进入丙申年初冬以来，不知什么缘故，一股多愁善感的情绪如潮水般袭上心头。春夏秋冬，四季更替，岁月一年一年地走过，日子一层一层地积累，人世间蕴含着多少酸甜苦辣？产生过多少悲欢离合？尘封了多少风流韵事？看到的，听到的，亲身经历的……说不清，理还乱，纷纷扰扰，林林总总。长期以来，作为一位擅长抒写红色作品的作者，突然写了这么多情感方面的东西，自己也觉得有点离经叛道，莫名其妙，莫非是生命的转合触动了哪根情感神经？曾几何时，我不止一次地想停下来，但止不住，又赶不走。就这样，稀稀拉拉，断断续续，神神癫癫地写满了一百首，赶紧结集。不然，真的不知道纠缠到什么时候，诗也病态了，人也落魄了，最终落得个“人比黄花瘦”。

由于这部诗集的主题表达的都是情感方面的东西，或相思，或寄语，或离别，或缱绻，或放纵，或缠绵……既有久别重逢之喜，又有离别相思之苦，还有沦落风尘之痛……写人，写事，写花，写草，写鸟，写时序，写风物，凡落入笔底的都离不开一个“情”字。所以，此书的风格自然透露出妖娆妩媚、情深意柔的婉约情调。鉴于此，我便将此书定名为《花间新咏》，有调寄古人《花间集》的意蕴。同时，为避免情感作品落入丑陋、轻薄、浮艳的俗套，在创作过程中，本人尽力以纯洁、健康、真挚的语言来表现现代人的情感世界，着力描写人本身具有的率真、纯情、纤柔之美，这正好符合人性的现实特质。言情缠绵而不轻薄，措辞华美而不浮艳，这是我创作这部诗集的最根本理想。恰好在创作期间，《诗选刊》和《燕赵诗词》杂志已先后刊登了本人50余首《花间新咏》作品，这不仅肯定了本人的创作成果，也更加坚定了本人的创作信心。在此，我特向以上期刊的编辑人员表示衷心的感谢！

这部诗集与《花间集》风格不同的是：《花间集》是一部词的总集，全书由18位作者的作品组成，体裁也不只限于一种词牌；而本书是由著者一人完成，而且书中收录的100首诗，均是用七言绝句写成。这样创作的好处是能够让读者更加专注地走进作者的内心世界，对作者形成深刻的印象。此外，由于主题和风格相近，书中收录了5首本人过去的旧作，以馈读者。全书除《七夕》一首用平水韵外，其他99首均用中华新韵完成。

花间自有真情在，花间之外草亦香。在创作《花间新咏》的同时，本人还创作了大量其他主题的与生活息息相关的诗词作品和新诗，在此，以“花间之外”编辑附后，一并出版，就像让读者走出花园又进入绿地一样，尽情地享受不同的感觉。这是作者编排本书的一种创新和尝试，但愿这个“花园”和这片“绿地”能够成为读者流连忘返的圣地。

古有《花间集》，今有《花间新咏》，无论哪年哪月哪日，只要有生命的存在，必然会有无尽的花间情事绵延不断。愿花间真意能够赢得大家尊重，《花间新咏》能够得到读者的理解和支持，并引起读者的共鸣。

草川女

2017年6月17日于石家庄

目　录

花间之外

花间新咏

咏红颜[1]

自古红颜爱最真，
风霜无奈总沾身。
深情蝶化觅知己，
天下英雄有几人？

永夜[2]

月色轻柔入梦乡，
多情永夜枕成双。
晨光扰乱花间事，
骚客魂惊泪染裳。

淮女[3]

庆幸花间有月明，
骚人痴客共箫声。
霞衣轻帔薄纱舞，
淮女难言耿耿情。

---

① 创作于2016年10月7日，刊登于《燕赵诗词》2017年3月增刊。
② 创作于2016年10月10日，刊登于《燕赵诗词》2017年3月增刊。
③ 创作于2016年10月11日，刊登于《燕赵诗词》2017年3月增刊。

淑女[①]

淑气盈盈满月明，
情郎脉脉动心旌。
婷婷俊丽香腮女，
醉在花间瑰梦中。

恋女[②]

海枯石烂语狂癫，
更把芳心许俊男。
珍草难医花月痛，
醒来梦断驿桥边。

歌女[③]

楼台飘曲绕梁飞，
月下风流彻夜随。
歌女情幽魂悸悸，
半嗔半怨半依归。

---

① 创作于2016年10月15日，刊登于《燕赵诗词》2017年3月增刊。
② 创作于2016年10月16日，刊登于《燕赵诗词》2017年3月增刊。
③ 创作于2017年3月15日。

舞女[1]

霓虹闪烁薄纱透，
玉骨冰肌近裸身。
佳丽参差频弄首，
伴人起舞伴歌吟。

梦幻[2]

瑰丽人生一梦醒，
方知虚幻有多空。
痴情醉意无穷尽，
难驻花间月夜中。

梦思[3]

深沉暮色暗楼台，
烛泪婆娑雨梦猜。
泽畔秋风声渐弱，
缘何还不叩门来？

---

① 创作于2017年5月17日。

② 创作于2016年10月22日，刊登于《诗选刊》2017年2月下半月刊；《燕赵诗词》2017年3月增刊。

③ 创作于2017年1月1日。

寄思[①]

一池春瘦随波逝，
阴雨潇潇冷且凉。
欲把相思凭此寄，
不知能否到他乡。

若思[②]

伫立风中若有思，
亭台楼榭几时辞？
英雄本是天边客，
怎囿红尘一片痴。

相思[③]

雨打巴蕉乱我心，
伊人憔悴影难寻。
离愁总被相思累，
楚楚忧伤梦里吟。

---

① 创作于2017年4月26日。

② 创作于2017年3月18日。

③ 创作于2016年11月10日，刊登于《诗选刊》2017年2月下半月刊。

思念[①]

思绪缠绵随夜去，
半边弧影半边残。
月光如水无痕迹，
难负深情一梦牵。

离别[②]

昨夜春风入小楼，
谁人知晓五更愁？
窗前红泪轻轻拭，
此去天涯又几秋？

哀怨[③]

自古相思血染成，
离多聚少总难逢。
长天横亘风吹远，
一夜无眠到五更。

---

① 创作于2015年5月24日。

② 创作于2016年11月29日，刊登于《诗选刊》2017年2月下半月刊；入选《秋霜诗词精选》一书。

③ 创作于2017年5月31日。

凭寄①

士子情柔借酒欢，
孤灯疏影雨缠绵。
蕙兰香远凭谁寄，
徒把人生放眼观。

情寄②

银河湛湛满天星，
曲线流光皓月明。
书寄相思无去处，
个中滋味有谁清。

相逢③

芳香四溢影迷人，
醉把琼花拢在身。
驿路相逢情切切，
回头泪作雨浇魂。

---

① 创作于2016年12月21日，刊登于《诗选刊》2017年2月下半月刊。

② 创作于2017年1月10日。

③ 创作于2017年3月10日。

秋娘[①]

湖畔青枝正泛黄，
蛾眉散倦鬓丝怏。
南风似有花间意，
潜入红楼理乱裳。

表哥[②]

丽质天生似首歌，
邻家小妹对秋波。
盈盈好景谁能驻？
霞落青帘是表哥。

柔情[③]

曾经梦里遇先生，
羞煞金莲一寸红。
莫道花间无秀色，
柔情倾倒众英雄。

---

① 创作于2017年2月4日。
② 创作于2017年3月16日。
③ 创作于2016年10月27日。

传情①

青青田野麦苗新，
柳叶传情始在心。
涟滟随波风作信，
良辰美景酿成真。

命②

蛾眉轻挑秋波醉，
一笑一颦尽入魂。
清酒半杯心作痛，
有谁知是命中人。

缘③

世间美色几多痴？
个个英雄爱慕之。
牵手无缘应是客，
相逢何必捻成丝。

---

① 创作于2017年3月17日。
② 创作于2017年5月17日。
③ 创作于2017年3月18日。

梦[1]

几多新雨几多春?
梦见梨花总念人。
人去天晴香满地,
醒来已是泪沾襟。

怨[2]

柔情散尽终成恨,
泪溅楼台语却痴。
回首春花秋月事,
谁人知是怨中诗。

悔[3]

曾经无意触芳枝,
落下桃红几片痴。
拣罢方知花有泪,
油然怨恨太狂之。

---

① 创作于2017年4月9日。
② 创作于2017年5月1日。
③ 创作于2017年5月6日。

寻[①]

款款香风沐浴春，
青石板上诉芳心。
柔情万种谁能识？
唯有郎君是解人。

盼[②]

别梦依稀情未了，
醒来又是日偏西。
轻揩红泪登高望，
不见英雄坐下骑。

舞[③]

轻衫短袖薄纱舞，
红豆花开最适时。
无奈西风吹过后，
相思满地尽成诗。

---

① 创作于2017年5月11日。
② 创作于2017年5月22日。
③ 创作于2017年5月21日。

孤独[①]

回头欲罢伤心事，
无奈花开总不休。
人老终将成看客，
孤身难再上高楼。

沦落[②]

沦落风尘似断鸿，
伤心无度影飘零。
无边苦雨潇潇下，
一任魂销夜夜惊。

销魂[③]

黄花瘦俏香犹在，
彻夜缠绵想一人。
芳草经霜虽变老，
谁言去岁不销魂。

---

① 创作于2017年4月23日。
② 创作于2017年5月13日。
③ 创作于2017年5月20日。

来世[①]

群芳争艳闹花枝，
竟到伤心落泪时。
从此香消姿色尽，
只能来世再逢之。

高贵[②]

花间最好女人心，
高贵温柔水是魂。
莫把青春空对月，
老来伤感未曾寻。

致青梅子[③]

谁家梅子唱新词，
绮丽婉约酒入诗。
笛管声声情切切，
知君还在月来时。

---

① 创作于2017年5月7日。

② 创作于2017年5月27日。

③ 创作于2014年6月28日，刊登于《诗选刊》2016年第1期。

致小米[①]

天生丽质色披靡，
飞燕貂蝉愧不齐。
我为小米轻鼓瑟，
声声慢慢到遥期。

花事[②]

丽日熏风好事多，
初心难掩泪婆娑。
涛声新雨催人奋，
次第花开岁岁歌。

花路[③]

花间自有芳香路，
不到花前路不寻。
西子湖边游客醉，
皆因已是画中人。

---

① 创作于2014年7月1日。

② 创作于2016年10月18日，刊登于《燕赵诗词》2017年3月增刊。

③ 创作于2016年11月4日，刊登于《诗选刊》2017年2月下半月刊。

花径[①]

小径徘徊若有思，
陶公[②]何故绶丝辞？
桃花源里亲耕作，
只为随心所欲之。

花痕[③]

春光明媚燕归来，
扰乱清纯处子怀。
最是花痕惊艳处，
层层扇扇蕊房开。

花梦[④]

亚红飘落彩云翻，
只为真情不惧残。
丽梦春深终有尽，
化成泥土也心甘。

---

① 创作于2016年11月1日，刊登于《诗选刊》2017年2月下半月刊。
② 陶公，即陶渊明。
③ 创作于2016年11月7日，刊登于《诗选刊》2017年2月下半月刊。
④ 创作于2016年12月24日。

花衰[1]

花到衰时也感伤，
蕊残艳去透心凉。
人间万物同一理，
只是周期有短长。

花逝[2]

芳菲知趣随人意，
流尽痴情不自矜。
花落衣襟香远去，
伤心怯步向天吟。

花魂[3]

好花无惧乱风吹，
折痛芳心也不颓。
香泪轻垂滴落后，
红装悉数又重回。

---

① 创作于2016年10月28日。
② 创作于2016年11月8日，刊登于《诗选刊》2017年2月下半月刊。
③ 创作于2017年5月25日。

问花①

欲问花间情几许，
落红身后可追寻。
寒霜冰雪催人老，
且用风流锁住春。

惜花②

莫把青春当妙丹，
痴情过后也枯干。
花前月下风流事，
一叶寒秋向暮年。

落花③

柳下花期去日多，
萋萋蒲草没残荷。
烟涛十里身无寄，
化作红泥伴泪歌。

---

① 创作于2016年10月23日，刊登于《诗选刊》2017年2月下半月刊。

② 创作于2016年10月26日。

③ 创作于2016年10月18日，刊登于《诗选刊》2017年2月下半月刊；《燕赵诗词》2017年3月增刊。

二月花[①]

寂寞窗前二月花，
河边杨柳泛新芽。
婷婷曼曼农家女，
岁岁年年俊俏娃。

梨花[②]

玉骨冰肌俏美人，
清纯楚楚伴瑶琴。
寒香过后争先秀，
早把芳心许给春。

金花[③]

金花灿灿远接天，
楚楚绝伦似月仙。
心海滔滔腾巨浪，
沉沉意念唤婵娟。

---

① 创作于2016年10月20日，刊登于《诗选刊》2017年2月下半月刊；《燕赵诗词》2017年3月增刊。

② 创作于2016年11月9日，刊登于《诗选刊》2017年2月下半月刊。

③ 创作于2016年10月20日，刊登于《诗选刊》2017年2月下半月刊；《燕赵诗词》2017年3月增刊。

杨花[1]

梦中垂泪恨杨花，
点点离离找错家。
总算人回心未定，
起风身去又寻它。

槐花[2]

一夜春风到我家，
房前新绿染泥巴。
琼花好似甜甜乳，
化作珍馐馈小丫。

梅花[3]

暮秋过后物凋零，
一阵寒霜一阵风。
唯有梅花真本色，
笑迎冰雪傲严冬。

---

① 创作于2017年6月1日。

② 创作于2017年4月4日。

③ 创作于2016年11月12日，刊登于《诗选刊》2017年2月下半月刊。

蝶恋花[①]

花爱蝴蝶蕊泛香，
蝴蝶飞舞为花忙。
两心相许天长久，
思恋情深地久长。

雨中花[②]

一时寒冷狂来骤，
妩媚形消粉黛愁。
雨过天晴花更艳，
芳姿俊俏竞风流。

并蒂莲[③]

欲把凡尘撇扯清，
花间无奈总飞红。
情人不忍离别痛，
化作双莲并蒂生。

---

① 创作于2016年10月23日，刊登于《诗选刊》2017年2月下半月刊；《燕赵诗词》2017年3月增刊。

② 创作于2016年11月5日，刊登于《诗选刊》2017年2月下半月刊。

③ 创作于2016年11月6日，刊登于《诗选刊》2017年2月下半月刊。

海棠①

乔林幽谷影重重，
旷日难逢曲一声。
玲佩嘤鸣花色动，
海棠投我以新红。

牡丹②

国色天香地久长，
成诗入画缀词章。
宾朋喜好唯实际，
不畏强权到洛阳。

金桂③

金桂飘香梦里开，
曾经有意未拈来。
花期过后心无寄，
从此凄风苦苦捱。

---

① 创作于2016年12月20日，刊登于《诗选刊》2017年2月下半月刊。

② 创作于2016年12月30日。

③ 创作于2017年3月28日。

美人蕉①

美人头上绣花红，
搅动阿哥一片情。
心雨缠绵风作证，
夏秋佳丽更玲珑。

红香②

未见桃花夜里开，
枝头春讯已传来。
红香盈盏心旋动，
遍地风流任你猜。

心香③

群芳吐艳翠枝摇，
抖落风尘百日嚣。
唤醒心香仍未变，
胸前已是泪成涛。

---

① 创作于2017年5月4日。

② 创作于2017年2月23日。

③ 创作于2017年3月29日。

幽香[1]

贾氏堂前喜事多，
画眉婉转唱情歌。
花摇倩影芳心动，
阵阵幽香落满河。

春归[2]

南来紫燕蘸青泥，
飞往农家瓦上啼。
羽剪春光杨柳绿，
千山万壑换新衣。

春色[3]

鹅黄点点入香怀，
千种风情抵过来。
正是花间春色好，
夫人邀我赴仙台。

---

① 创作于2017年5月12日。

② 创作于2016年11月8日，刊登于《诗选刊》2017年2月下半月刊。

③ 创作于2016年10月25日，刊登于《诗选刊》2017年2月下半月刊。

春山[①]

春山处处孕生机，
感化冰川万里溪。
千顷桃花拦不住，
迎风扑面醉人迷。

春城[②]

春城处处柳飞花，
散入千村万户家。
纵是青阶身骨硬，
也留迹印诉年华。

春风[③]

二月春风似剪刀，
裁出杨柳万千条。
繁花簇锦连天缀，
饮罢屠苏雪霁娇。

---

① 创作于2016年11月23日，刊登于《诗选刊》2017年2月下半月刊。

② 创作于2017年3月20日。

③ 创作于2017年3月22日。

春宵[1]

春宵一刻最堪忧，
莫让时光指上流。
丽日应随风醉去，
青丝无悔到白头。

边城[2]

山花艳艳迎风舞，
新草青青陌上栽。
泉水涓涓心碧澄，
边陲缓缓邑门开。

花间行[3]

最爱花间漫步行，
蝴蝶为我打先锋。
蜜蜂弹奏芬芳曲，
更有清香阵阵萦。

---

① 创作于2016年12月29日。
② 创作于2016年10月27日，刊登于《诗选刊》2017年2月下半月刊。
③ 创作于2016年10月28日，刊登于《诗选刊》2017年2月下半月刊。

花间错[1]

绪乱心烦红豆泪，
柔情落魄曲苍白。
花间有信风无力，
月下平添一段怀。

花间五月[2]

花间自有痴情在，
应是榴红怒放时。
五月芳菲凋谢尽，
秋黄遍地菊矜持。

夏日寻芳[3]

夏日寻芳意趣多，
身摇红影绿婆娑。
才收粉黛檀香扇，
又遇芭蕉细细说。

---

① 创作于2016年10月17日，刊登于《诗选刊》2017年2月下半月刊；《燕赵诗词》2017年3月增刊。

② 创作于2016年11月8日，刊登于《诗选刊》2017年2月下半月刊。

③ 创作于2016年11月21日，刊登于《诗选刊》2017年2月下半月刊。

采莲[①]

隔船相望影翩翩，
似有红衣采玉莲。
偶不留神人已去，
情思线断梦成残。

秋[②]

一池秋水一池波，
一树金黄一树萝。
一段姻缘一段爱，
一蓑红雨一蓑歌。

中秋[③]

中秋处处泛清香，
万户千家喜气扬。
美酒佳肴空对月，
金花一媚令回肠。

---

① 创作于2017年5月30日。

② 创作于2016年11月13日，刊登于《诗选刊》2017年2月下半月刊。

③ 创作于2016年9月30日，刊登于《诗选刊》2017年2月下半月刊。

秋凉[1]

秋雨缠绵日渐凉，
花间往事已凝霜。
新人老酒千杯饮，
莫问红烛泪几行。

元宵节[2]

火树银花缀满天，
人潮簇动影蹁跹。
新姑小婿交头语，
此夜时光莫放闲。

情人节[3]

葡萄美酒夜光杯，
只为伊人带笑陪。
血色玫瑰花下客，
几多真爱几多贼？

---

① 创作于2016年10月24日，刊登于《诗选刊》2017年2月下半月刊。
② 创作于2017年2月11日。
③ 创作于2017年2月15日。

七夕[1]

年年七夕往来时，
种下相思几段诗。
浩瀚银河诚可渡，
夜深人静鹊桥随。

晴明[2]

红尘滚滚最无情，
脚踏风霜雨雪行。
唯有花间心气好，
举眉悦目看天晴。

紫燕[3]

紫燕双飞伴雨归，
人间无处不芳菲。
春风漾起千山秀，
郊野飘絮唤子规。

---

① 创作于2016年8月9日。

② 创作于2017年2月8日。

③ 创作于2016年11月7日，刊登于《诗选刊》2017年2月下半月刊。

娇莺[1]

俊俏娇莺占艳枝，
成双结对走雄雌。
堂前屋后黄昏雨，
正是春归燕舞时。

鸳鸯[2]

世间最好是鸳鸯，
朝暮相持不厌糠。
耳鬓厮磨终到老，
斜晖颈挽水中央。

布谷鸟[3]

淑气传来布谷鸣，
枝头青杏变黄红。
敏于春夏农耕事，
啼破晨光血染成。

---

① 创作于2016年10月21日，刊登于《诗选刊》2017年2月下半月刊；《燕赵诗词》2017年3月增刊。

② 创作于2016年11月25日，刊登于《诗选刊》2017年2月下半月刊。

③ 创作于2016年12月28日。

荷[1]

向日荷花水映红，
亭亭玉立正年青。
风姿俊俏情何许？
愿作蜻蜓瓣上停。

藕[2]

身处淤泥不染尘，
心穿九孔也连根。
十分焦火三时煮，
难断柔丝一寸筋。

苇[3]

扎根浅水贯春秋，
浩翰苍茫泯不求。
抛却红尘和物欲，
随风摇曳到白头。

---

① 创作于2017年5月29日。

② 创作于2016年11月27日，刊登于《诗选刊》2017年2月下半月刊。

③ 创作于2017年5月2日。

忘忧草[1]

几欲分离却忘忧，
芳心依旧小枝头。
萱针剔透朝天指，
从此花间少一愁。

紫萝藤[2]

小庭萦绕挂青藤，
任意妆成紫玉宫。
雨后花开香彻骨，
红衣月老动情衷。

相思树[3]

一树相思似海深，
丝丝缕缕说离分。
谁曾撒下千般苦，
化作东西两地人。

---

① 创作于2016年12月22日。

② 创作于2016年12月26日。

③ 创作于2017年6月2日。

合欢树[①]

苦情树下盼合欢，
望断天涯影不还。
浊泪淌干花作证，
团团粉扇向人间。

觅[②]

谁人能懂我之心，
浪迹江湖不见君。
身处红尘唯自恋，
任它蛊惑入朱门。

悟[③]

花如红雨月如纱，
四季轮回永不暇。
纵是千帆随浪尽，
江山依旧对朝霞。

---

① 创作于2017年6月3日。
② 创作于2017年7月9日。
③ 创作于2017年6月14日。

春访五台山[①]

春暖花开访五台，
善男信女进香来。
功名利禄谁留住？
雨露均沾到府宅。

拜武候祠[②]

千里来寻武候祠，
躬身参拜话尤迟。
先生豪气今安在？
脚步轻挪久久思。

题都江堰[③]

雄关道道立潮头，
一派江河两脉流。
浩渺烟涛随浪涌，
白云深处信天游。

---

① 创作于2017年4月17日。
② 创作于2017年4月8日。
③ 创作于2017年4月6日。

登庐山[①]

身处庐山感慨多，
樟松高耸翠婆娑。
白云过后晴重现，
又见平湖漾碧波。

① 创作于2016年10月31日。

花间之外

题毛泽东[①]

问鼎江山我最真，
誓将世界变清新。
胸怀祖国行天下，
赢得东方万木春。

题周恩来[②]

风云叱咤好男儿，
四海恭身仰慕其。
赤胆忠心民所系，
鞠躬尽瘁护红旗。

题朱德[③]

英雄不畏路难寻，
铁骨铮铮主义真。
矢志不移尊马列，
战功赫赫铸乾坤。

---

① 创作于2015年9月9日，纪念毛主席逝世39周年。
② 创作于2016年8月23日。
③ 创作于2016年8月26日。

题刘少奇[①]

誓把华年四海酬，
渴求真理溯因由。
襟怀坦荡唯实际，
汗简长青贯九州。

题邓小平[②]

一生坎坷任东南，
历尽严寒体更坚。
发愤图强彰特色，
改革开放续新篇。

题华国锋[③]

投身革命即无私，
地动山摇鼎力支。
大是大非知向背，
国家有幸赖公持。

---

① 创作于2016年10月4日。
② 创作于2016年10月7日。
③ 创作于2017年8月8日。

题陈云[①]

雄韬伟略腹中藏，
处处唯实巧丈量。
最是当年身在沪[②]，
银元大战灭强梁[③]。

题李先念[④]

久经沙场建奇功，
国运临危[⑤]毕力擎。
不为生前身后利，
一肩明月伴清风。

---

① 创作于2017年8月12日。

② 沪即上海。

③ 强梁指拥有大量资产的投机者。

④ 创作于2017年8月6日。

⑤ 国运临危即“四人帮”篡党夺权。

题叶剑英[①]

戎马一生未敢停，
千秋伟业勇担承。
清除“四害”[②]蓝图定，
力挽狂澜立大功。

题彭德怀[③]

横刀立马蒋抽筋，
日寇闻风也丧魂。
美帝丢盔兵卸甲，
板门店里送瘟神。

题陈毅[④]

文武双全品质高，
投身革命乐滔滔。
生来就是将军范，
敢让阎罗遁地逃。

---

① 创作于2017年8月8日。
② “四害”指“四人帮”。
③ 创作于2017年8月10日。
④ 创作于2017年8月11日。

题罗荣桓[1]

“翻边战术”令敌疲，
“六字方针”一面旗。
模范铁军赢赞誉，
生前死后颂无遗。

题贺龙[2]

嫉恶如仇立场坚，
心胸坦荡气吞山。
身经百战功勋著，
岂怕谗言秽语冤。

题徐向前[3]

神出鬼没打游击，
日寇晕头躲不及。
创立平原新战法，
光辉典范贯东西[4]。

---

① 创作于2017年10月4日。
② 创作于2017年8月14日。
③ 创作于2017年8月17日。
④ 东西指东西方世界。

题刘伯承[①]

足智多谋胜券操，
神机妙算快如刀。
犹听诸葛一声令，
横扫敌人到老巢。

题聂荣臻[②]

资赋聪明绩不凡，
人间有幸降英贤。
晋察冀域枪声紧，
阿部[③]龟孙小命完。

关山月[④]

关山不见老，
素月影迷离。
过去伤心地，
如今紫气移。

---

① 创作于2017年8月20日。
② 创作于2017年8月19日。
③ 阿部指阿部规秀，侵华日军中将。
④ 创作于2015年11月20日。

六州歌头·国庆抒怀[①]

金秋十月，举国庆升平。花锦簇，旗招展，踏歌声。瑞香凝。回首征程路，风雷急，狂潮涌，繁星隐，天昏暗，地悲鸣。逆水行舟，奋力齐摇橹，破浪前行。改革图强盛，海纳百川迎，众志成城，世人惊。

五年新政，稳经济，强科技，练精兵。悬利剑，驱邪恶，净心灵，铸清明。建立新常态，同呼吸，共担承。山河美，人民富，愿终成。脱骨换胎信烈，为昌盛，浴火重生。看当今世界，华夏正年轻，景象繁荣。

---

① 创作于2017年9月30日。

蝶恋花·锦绣中华[①]

锦绣中华今最美，盛世辉煌，直教时光悔。走遍青山和绿水，谁人不赞东方伟。

回首百年难忘耻，强盗豺狼，把我长城毁。众志成城仇恨洗，东风压倒西风尔。

柳梢青·盛世中华[②]

喜讯传来。北京十月，绿树成排。金水桥前，轻风柔暖，锦簇花开。

中华盛事连台。好儿女，豪情满怀！引领全球，共同创造，人类和谐。

① 创作于2017年10月11日。

② 创作于2017年10月12日。

念奴娇·观纪念抗战胜利70周年阅兵有感[1]

晴空万里，艳阳这边好，谁言人老。岁月匆匆流逝去，中国依然年少。爱好和平，五洲相聚，握手同欢笑。裁军卅万，北京撑起天道。

时代造就英雄，勇担大任，敢向敌开炮。历史车轮谁阻挡，定让血浆涂脑。几个毛贼，几声凄厉，鬼伴豺狼叫。任凭它闹，乾坤因我光耀。

---

① 创作于2017年9月6日。

沁园春·观当前国际局势有感[①]

四海翻腾，风急云稠，巨浪啸鸣。看当今世界，勾心斗角；拉帮结派，战事频生。信口雌黄，恃强凌弱，大棒高挥雄霸争。西风烈，美日欧盟叫，欲火难平。

车轮滚滚前行，岂因几声狂吠就停？拒和平演变，振兴经济；强军肃纪，屹立天旌。反腐强心，亚投助力，共享繁荣举世惊。昂扬进，一带携一路，再续征程。

① 创作于2015年9月1日。

观南海非法仲裁及我国南海军演有感[1]

瑟瑟阴风海上哮，
偷礁窃岛鬼撑腰。
三军亮剑红旗怒，
哪个蚍蜉敢试刀？

观朱日和沙场阅兵有感[2]

铁流滚滚辗黄沙，
大漠雄狮霸气杀。
火箭轰鸣天裂缝，
战鹰呼啸地开花。
豺狼挡道岂能怕，
虎豹呲牙定要拔。
军令如山齐亮剑，
扫平鬼怪卫中华。

---

① 创作于2016年7月21日。
② 创作于2017年8月1日。

有感“习马会”成功举行[①]

曾经反目酿成仇，
隔海攻防刻不休。
骨肉胎胞心痛楚，
炎黄儿女泪奔流。
虽经磨难筋难断，
更有亲情骨不偻。
云雾拨开终见日，
先生握手话从头。

有感欧洲难民潮[②]

西方病体入膏肓，
遍地狼烟逾大荒。
利益熏心抡大棒，
难民冒死涌他乡。

---

① 创作于2015年11月7日。

② 创作于2015年9月13日。

咏贤良[1]

大爱何言用尺量，
一分善念一分光。
乌鸦反哺犹知孝，
跪乳羊羔体谅娘。

巨鹿行[2]

——题中央农村工作领导小组副组长
袁纯清同志赴巨鹿调研新型职业农民培养工作

冬至愈渐凉，
离京赴冀乡。
躬身询妙计，
俯首问良方。
心系桑麻事，
胸怀百姓粮。
迎来风雨顺，
迈步向康庄。

---

① 创作于2015年10月30日。

② 创作于2015年11月14日。

游邢台前南峪生态园[①]

九曲龙蟠气象高，
千年栗树引风骚。
层林尽染游人醉，
彩果香掀万里涛。

述怀[②]

经年往事付东流，
义气犹存尚在眸。
欲为国家穷己力，
却无智慧诉他求。
今生有幸民康泰，
来世何言酒未酬。
好友登临须尽意，
劝君豪饮莫停瓯。

---

① 创作于2015年10月25日。
② 创作于2016年7月24日。

泪别慈母[1]

身处中秋却断肠，
云悲水恸景凄凉。
天堂有路今归去，
月洒银辉挽素裳。

问天[2]

沉沉一线眼难开，
淫雨铺天盖地来。
纵是心中存憾事，
焉能任性毁民宅。

① 创作于2015年10月18日。
② 创作于2016年6月21日。

洪殇[1]

丙申厄运逢，
阴雨不开晴。
都市侵浊水，
乡村漫野萍。
街衢多陷落，
车马少迁行。
路上惊鱼乱，
青瓜扯断藤。

劝戒诗[2]

——观贾敬龙案有感

各持己见气难平，
地狱徒增两鬼雄。
但愿人心多向善，
少些怨恨与纷争。

---

① 创作于2016年7月23日。

② 创作于2016年11月17日。

咏佛光山[1]

曲径通幽古道连，
奇峰灵秀养神仙。
佛光普照祥云聚，
哲理深谙慧语参。
心里无尘常自乐，
胸中有念便它牵。
芸芸众者同船渡，
却处阴晴两片天。

① 创作于2016年8月3日。

访开元寺[①]

（一）

万物从来不复还，
回头已是箭离弦。
红尘滚滚随风逝，
阵阵钟声为哪般？

（二）

翠柏苍松绕紫烟，
红墙绿瓦玉栏杆。
芸芸众者虔诚客，
共度清平盛世年。

---

① 创作于2016年12月4日。

祈福九寨沟[1]

（一）

九寨风光好，
曾经画里游。
缘何天地裂？
戳我泪长流。

（二）

我自魂归去，
扶伤且救危。
同甘还共苦，
从此不分离。

（三）

祈福人康健，
忧伤莫再来。
天堂虽说好，
只怕苦投胎。

① 创作于2017年8月14日。

蔡某画像[①]

齐肩短发后背驼，
冷酷无情似恶魔。
心性阴毒阉正义，
言辞粗劣骂亲哥。
悖宗忘祖人丢尽，
瞎话连篇嘴乱戳。
撕裂族群天共怒，
岂容妖女溃江河。

① 创作于2016年8月5日。

安某画像[1]

言而无信一泼皮，
惹是生非似野驴。
拜鬼招魂翻旧案，
装疯卖傻玷良姬。
软磨硬泡金钱诱，
狂取强夺武力欺。
主子面前频摆尾，
匍匐脚下待时机。

堕落[2]

皮白身胖软如泥，
就算无能也不低。
怎奈偏偏心向秽，
臭名昭著惹人讥。

---

① 创作于2016年8月5日。
② 创作于2016年8月6日。

牛[1]

老牛有力却温良，
耕主鞭抽也不慌。
必是常年身所困，
性情锐气已磨光。

雄鸡[2]

冠红身正彩衣披，
镇定从容掌大旗。
是夜黎明心所系，
一声号令胜千骑。

寄张雷并众诗友[3]

宏图万里彩云生，
雷雨铺天也让行。
雄险从来头有尽，
东风不欠众贤能。

---

① 创作于2016年8月18日。
② 创作于2016年8月6日。
③ 创作于2016年8月17日。

易水行[①]

霜天易水行，
豪气胆边生。
瑟瑟秋风起，
啾啾烈马鸣。
残虹[②]犹怒吼，
壮士却长冥。
千古英雄事，
留由后世评。

题庐山瀑布[③]

早有庐山挂在心，
如今终睹美和真。
仰观飞瀑从天降，
始悟银河碧水深。

---

① 创作于2016年9月29日。
② 残虹，小说中荆轲刺秦王所用的剑。
③ 创作于2016年10月31日。

题庐山含鄱岭[①]

云海茫茫雾锁山，
人间仙境显奇观。
冰川刀脊鄱亭耸，
一脉江天尽了然。

登庐山有感[②]

霹雳惊雷耳际鸣，
风云激荡起涛声。
是非功过千秋事，
留待今人后世评。

题地面清洁机器人[③]

不要工酬不耍滑，
聪明乖巧受人夸。
沙发底下边边角，
干净光洁亮我家。

---

① 创作于2016年11月1日，含鄱岭是一个长达数公里的狭窄脊岭。
② 创作于2016年11月2日。
③ 创作于2016年11月13日。

重阳[①]

（一）

又逢九九倍秋凉，
遍地金花满目黄。
望断云天心渐去，
尽收风景绪悠长。
人离深巷家犹在，
雁击晴空力不荒。
采撷登高情共忆，
赋诗饮酒庆重阳。

（二）

异域相逢话客伤，
人间总会有温凉。
秋风着意催红叶，
挚语随心诉旧常。
儿女情长唇作印，
天涯尺短步穿阳。
老来回首青春事，
荡起波澜曲一章。

---

① 创作于2016年10月2日。

题飞天英雄余旭[1]

英姿飒爽誓为先，
志在疆天每寸蓝。
捍卫主权金雀跃，
巾帼不让众儿男。

题科学家柯俊[2]

钢铁人生孰与同？
百年豪气贯长虹。
精忠报国功昭耀，
大爱魂驰逐梦中。

题天文学家南仁东[3]

自信人生有彩虹，
肯将智慧付巅峰。
凿开天眼观经纬，
从此星河昼夜明。

---

① 创作于2016年11月15日。
② 创作于2017年8月26日。
③ 创作于2017年10月10日。

题柳烟书画[①]

中华文化五千年，
翰墨丹青百万篇。
问道太行今又是，
巾帼扛起半边天。

贺河北省文化名人诗词院成立[②]

燕赵英才代代传，
华庭雅聚共弹弦。
今逢盛世当歌赋，
不负春光对我偏。

---

① 创作于2016年11月17日。

② 创作于2016年7月22日。

贺京冀数字教学共享论坛召开[①]

春潮带雨洒江天，
万木葱茏又一年。
携手腾飞同跨越，
神州[②]助力送金帆。

参加高职教育创新发展研讨会有感[③]

专家相聚话匣开，
如数奇珍样样来。
诊改推敲齐把脉，
精工细作匠人裁。

① 创作于2017年1月11日。
② 神州即神州数码公司。
③ 创作于2017年8月22日。

贺京津冀职业院校校长
领导力内涵建设高级研修班成功召开[①]

春风化雨满江川，
大地争荣气象还。
沧海桑田今巨变，
蓝鲸[②]携手再扬帆。

贺燕赵青春诗社成立十周年[③]

燕赵惊雷起，
云帆向日酬。
幼苗成大树，
硕果满枝头。

---

① 创作于2017年9月21日。
② 蓝鲸，此次高级研修班在张家口市蓝鲸大厦召开。
③ 创作于2017年1月18日。

题微信群[1]

萍水相逢话语稠，
称兄道弟煮春秋。
天南海北诗书论，
幕后屏前素养修。
调侃声声心更近，
祝福阵阵乐从流。
群中宾主真豪迈，
不近黄昏不罢休。

① 创作于2017年1月26日。

题贵州马岭河大桥[1]

穿云破雾似飞龙，
屈指神游数万程。
胯下青山今赞佩，
愚公不愧是英雄。

丁酉年春节感怀[2]

金鸡破晓笑迎春，
万户千门喜纳新。
芳草随心盈瑞气，
青枝着意绽樱唇。
如潮歌赋声声醉，
别样年华岁岁神。
一夜红包频似雨，
满怀吉庆驭麒麟。

① 创作于2017年3月8日。
② 创作于2017年1月28日。

外孙女成长记[①]

七月流火，天之惠我，荣升外公，可喜可贺。
家有爱女，志向南移，择居香港，远嫁萧门。
紫荆花开，幸福结蒂，取名安可，寄望可以。
七月十一，诞生五日，随父旺角，落户登记。
七月十六，诞生十日，过境深圳，安居福地。
满月之日，喜气盈余，设宴欢庆，举家相聚。
八月廿六，随母探亲，河北俩月，呵护备至。
一岁之时，再回河北，说笑行走，乖巧成趣。
小曲催眠，大手相牵，玩具启蒙，歌咏故事。
夏日驱蚊，冬日添衣，一日三餐，营养俱齐。
有教无类，从小德育，茁壮成长，天天受益。

① 创作于2017年10月5日。

迎接外孙女周岁回乡[1]

闻知小可[2]要回乡，
热泪涟涟手脚慌。
内外张罗忙过后，
轻搬手指算时光。

祖孙视频[3]

深圳石门网络连，
祖孙两代视频欢。
咿吖学语刚听过，
又喊嘛呔逗你玩。

2017年高考有感[4]

年年岁岁人相似，
岁岁年年卷不同。
学子龙门争跳跃，
几多成凤或成龙？

---

① 创作于2017年7月1日。
② 小可，外孙女乳名。
③ 创作于2017年7月2日。
④ 创作于2017年6月9日。

赠志跃兄[1]

（一）

人到世间来，
身无意念揣。
后天皆染色，
个个是凡胎。

（二）

人生一叶舟，
顺势亦从流。
风浪时常有，
阴晴怎可求。

（三）

人生蛊惑来，
岁月化尘埃。
心到无私处，
一切会洞开。

（四）

人生有尽头，
对岸是坟丘。
远近全凭己，
精神不可休。

---

① 创作于2017年2月5日。

题王林之死[①]

（一）

大师诸事料如神，
难保身家一命根。
欲火攻心油耗尽，
纸船蛊惑照天焚。

（二）

昔日风光一夜休，
巫蛇妖术枕边收。
明星商贾堂前客，
噤若寒蝉黯淡抽。

访玉田净觉寺[②]

久在凡尘泡，
皮糙肉也沉。
今临清净地，
顿减百十斤。

---

① 创作于2017年2月17日。

② 创作于2017年6月15日。

贺梁剑章会长《柳含烟集》出版[①]

岁逢端午话安康，
诗酒飘香雅韵长。
烟柳成篇今又是，
九州文脉续华章。

贺河北省诗词协会微信开群[②]

燕舞春风永不迟，
桃花拂面艳如旗。
诗坛吹响冲锋号，
世纪迎来快步驰。
手上期刊香满卷，
屏中微信绽新枝。
八方好友天天聚，
从此切磋更及时。

① 创作于2017年5月30日。

② 创作于2017年2月20日。

自嘲[1]

曾经灯下读《离骚》，
卷起胸中万丈涛。
举笔扪心常自问：
谁能与我比诗高？

咏寿光蔬菜园[2]

青瓜瓠子绿藤牵，
火辣红椒挤破天。
白薯登高争上位，
黄花溅落碧畦间。

题石家庄7月9日夜暴雨并火烧云[3]

暴雨浑天骤，
惊风遁地逃。
金光千万丈，
漫卷火云烧。

---

① 创作于2017年9月4日。
② 创作于2017年6月15日。
③ 创作于2017年7月10日。

题丰宁九龙松①

神奇不老松，

盘亘九条龙。

造化随天意，

皆存命运中。

7月14日夜承德观鼎盛王朝康熙大典演出②

江天无限阔，

我是哪颗星？

百姓归心至，

苍穹熠灿明。

赴国家教育行政学院学习③

要行千里路，

须练自身功。

今赴京城去，

专修业内经。

---

① 创作于2017年7月13日。

② 创作于2017年7月19日。

③ 创作于2017年7月19日。

心醉[1]

清新、透明，宛如女人纱衣般纯洁，
并摄取男人眼球的粉，
被树干奇曲的梦高高擎起。
浓浓的绿，植物和水草，
被清澈的湖水照彻。

清澈的湖水里，浓浓的绿，
植物和水草，被树干奇曲的梦高高擎起的，
宛如女人纱衣般纯洁，
并摄取男人眼球的粉，
如此清新、透明。
偶遇这清新般的景，心，怎能不沉醉！

① 创作于2014年7月9日。

晨钟[1]

晨钟响了，
旧的一天过去了。
晨钟响了，
新的一天来临了。
晨钟一次次响过，
日子还是如此，
人已经老了。

① 创作于2014年7月14日。

美国，你怎么了？[①]

美国，
你怎么了？
你是不是烧得不轻？
看一看你如今的面孔，
怎么从一个二战胜利者，
变成了一个为所欲为的流氓大亨？

你自诩是世界警察，
要领导世界一百年，
其实，你没有必要领导世界，
你也没有能力领导世界，
二战结束后，
世界秩序已经建立，
联合国制定了处理世界各国事务的章程。
你只需和其他四个常任理事国一起，
团结世界各国人民来维护世界秩序的安宁。

你回过头来看看，

① 创作于2014年8月13日。

在不到一百年的时间里，
你都做了些什么？
在你的蛮横干涉下，
在你的双重标准下，
你已经把这个世界搞得支离破碎，
千疮百孔。

尤其要命的是你自恃强大，
目空一切，
争霸世界，
经常绕过联合国，
干一些不人道的事情。
你在全球建立军事基地，
你在全球部署特种部队。
你在全球游弋航母军舰，
你在全球进行侦查飞行。
你干涉过多少个国家事务？
你发动过多少次大小战争？
最后怎么样？
哪一次不是以凶暴毁灭善良，
让老百姓挣扎在百般痛苦之中。
朝鲜战争、越南战争、

中东战争、伊拉克战争、
阿富汗战争，
轰炸科索沃、利比亚……
到处都可以看到你蛮横的身影。
伊核问题、朝核问题、
巴以和谈、叙利亚内战、
乌克兰内战……
还有现在的南海纷争，
哪一个得到了圆满解决?
哪一个又不是让你搅得离析分崩。
你想打谁就打谁，
你想除掉谁就除掉谁，
可是，你推翻了萨达姆、卡扎菲，
伊拉克、利比亚陷入了内战，
你消灭了一个又一个基地组织头目，
却无法遏制恐怖和暴行。
你喜欢支持反对派，
因为，那样才可以搅乱世界，
那样才能扶植你的心腹。
你喜欢拉帮结派结交盟友，
因为，那样才能找到帮凶，
那样才能像黑帮一样一呼百应。

你在全球推行“民主”，
用颜色革命搞垮了多少政权。
你口口声声要讲“人权”，
却让多少国家的人民失去生命。
你积极在别国的周边建立反导系统，
你每年都组织盟友举行上百次军演。
你划定了自己国家的防空识别区，
你却不允许别的国家这样进行。
你常常喜欢在第一时间随意表态，
但盟友做错了事情你却一声不吭。
你一会儿说是这个国家击落了马航MH17，
你一会儿又说是另一个国家武装所为。
你主导制定了二战后日本宪法，
你现在又极力支持解禁放松。
你可以恣意监控每一个国家，
乃至政要总统。
你可以随意制裁每一个国家，
把世界各国划分为三六九等。
你只准州官放火不准百姓点灯，
你制定了许多规则让世界遵从。
谁不服从你你就挥舞大棒惩罚，
谁不服从你你就造谣挑拨起哄。

你走到哪里哪里就会出现混乱，
你出现在哪里哪里就会不得安宁。
你是世界的麻烦制造者，
你是高超的挑唆纵容者，
你在为了自己的国家而毁灭世界，
你在为了自己的强大而逆施倒行。
中国有句古话叫作“物极必反”，
你终将会对自己的霸权行径付出代价，
你必将会为自己的所作所为向世界人民弯腰鞠躬。

拥抱世界你千万不要太胆小[①]

既然来到了这个世界，
你就没有理由不拥抱她。
因为不拥抱她，
你就不会激情四射。

既然来到了这个世界，
你就没有理由不拥抱她。
因为拥抱了她，
你才知道生活的味道。

拥抱世界吧！
你大胆热情不要怕闪了腰。
因为失去了青春，
你就不能再舞蹈。

拥抱世界吧！
你奔放潇洒不要怕费了情。
因为真情不流露，

① 创作于2014年8月18日。

最终也会变衰老。

拥抱世界吧！

世间万物多美好！

千万不能因为害怕就胆小。

拥抱世界吧！

酸甜苦辣真味道！

千万不能白到世间走一遭。

麻雀的自白[①]

其实，
俺没有责怪人的意思。
俺只是讨厌，
人们讨厌的政治运动。
那年代，
全民除“四害”，
用稻草人唬俺也就够了，
还差点把俺灭了种。

其实，
俺也不想和人争食，
实在没办法，
人需要粮食，
可俺也得保命，
那年代实在是太穷了。

俺知道，
俺的错误在于，

① 创作于2014年9月27日。

粮食不是俺种的，
俺不应该不劳而获。
为此，
俺付出了生命的代价。

如今，
人们富裕了，
他们随意丢弃的食物，
就足够俺们享用了，
所以不必再去偷。
即便是偷点食用，
人们也不再追究治罪了。

哎！俺能理解人们，
人们富裕了，
宽容心也强了。
都是贫穷搞的鬼，
饥饿让人失去理智，
饥饿是生命的枷锁。

徜徉[①]

徜徉在田野、海边、山间，
拾得满眼春风，一束浪花，
一蓑雨烟，还有那深深浅浅的故事。
谈笑间，被喧嚣、功利
和事务缠绕的心，恍然又年轻了十年。

放下欲望和忙碌，到闹市之外，
去踏青、逐浪、爬山，
去领略纯净的自然风光。
深呼吸，那是多么惬意的感觉！
这一美妙的时刻，
谁来陪我共度，与我贪欢？

① 创作于2014年10月23日。

冬[1]

看着你皱褶的脸，苍茫的愁，
烟雨般难以舒解，你用雪涂了一层面膜，
白是白了，却没有青春的感觉。

冻结的冰，狭窄了你的血管。
高大的柳树，垂下一根根液管。
捡食的鸟，灰头土脸，
褪了光泽的羽毛，　如此凌乱。

你恐惧了？似乎没有，矍铄的精神如此壮健！
你说你老了。真的没有，你坦荡的胸怀是那样辽远！

① 创作于2015年1月30日。

风雨同舟[①]

这里有你的问候，心中流淌着幸福。
这里有你的慰藉，胸中激荡着感动。
这里有你的身影，那是相随的缘份。
这里有你的足迹，那是同行的见证。

风雨同舟，有你相随已经足够。
风雨同舟，有你同行海阔天空。

面对远方，我们已经启程，
让我们携手前进吧，风雨同舟。
面对远方，我们无法停留，
让我们携手前进吧，风雨同舟。

① 创作于2015年6月9日。

死亡梦想[①]

是什么让你向往天堂?
一个花季少年竟梦想死亡。
去天堂的路你知道多少?
生命的窗口怎么说关就关上?
饥寒交迫并非是生命的绞索,
穷困潦倒也并非是通往死亡的桥梁。
爱的缺失关闭了唯一一缕阳光,
亲情的冷漠窒息了最后一丝生的希望。
心中的黑暗难道只有亲情可以纾解?
世俗的浅薄增添了压跨生命的份量。
无尽的痛楚在眼前延伸啊!
弱小的生命只有飞向天堂。
可怜啊! 稚嫩的生命!
可恨啊! 冷漠的亲情!
可悲啊! 世俗的沦丧!

---

① 创作于2015年6月13日。为2015年6月9日晚贵州毕节4名留守儿童服农药身亡有感而作。

睡我给你打五折[1]

“不能再低了，睡我给你打五折”。
看到这些字眼，仿佛看到眼前，
一个放浪、妖艳、肉麻的窑姐，
在向路人招揽生意。瞬间，
一股恶心的铜臭味扑鼻而来，
窒息了人的神经。

这是一则酒店广告语。
广告的背后，一个削尖了脑袋，
满眼冒着绿光的商人，
猥琐地盯着花花世界，
在灰色的保护伞下，
阴险地，奸笑。

① 创作于2015年8月10日。

都是谁弯下过腰[1]

都是谁弯下过腰？
在我的印象中有两种人弯下过腰。

一种是正直善良勇敢的人，
他们面对逝者鞠躬，那是对先人的一种敬仰。
他们弯腰时，伟大得比山还要高。

还有一种人弯下过腰，
那是卑鄙低贱软骨的人。
和平年代人们说他们是献媚，
外敌入侵时人们称他们为汉奸。
他们弯腰时，人性早已泯灭。

---

① 创作于2015年6月5日。

高压线塔[①]

像巨人，巍然屹立。
天空，给你留足了伸展空间。
原野一望无际，匍匐在你的脚下。
大山挺直脊梁，为你的魁伟扛肩。
河水缓缓从你臂下流过，仰视你的大爱。
白云附耳轻语，诉说刚与柔的奇恋。
星星和月亮交相辉映，赶走夜晚沉沉的黑，
为你披上银白色的披肩。对于伟岸来说，
风霜雨雪是何等渺小。你哨兵般的坚毅，
透着一个不可动摇的信念：为了光明，
到远方，点亮万家灯火，照耀！照耀！

① 创作于2015年9月22日。

九月[①]

走过红红火火的八月，心逐渐停歇下来。
匆匆穿过一季，一场戏也结束了。
八月的妆开始卸下，气候有些微凉，
该收获的都收了，该入仓的也入仓了，
八月以成熟演绎着饱满。
接下来的九月，一定也会高潮迭起。
人和动物们，风和雨们，
大山和河流们，叶子和果实们，
主角儿和配角儿们，一切将按照剧情的安排，
陆续登场。我想，
九月，将会是另外一番情调。

① 创作于2015年9月16日。

流言[①]

像一阵风，潜行，
然后铺天盖地，
浑天黑地，重重地抽人的脸，
甚至，窒息人的呼吸。
接下来，慢慢发酵，变味。
有时会碰到大山，
或墙一样坚硬的东西，
然后扫地，分散。
有时会在开阔地闯荡，
没有阻挡，闪了脚，消失。
遇到晴天，刮不起来，溃败。

① 创作于2015年9月10日，刊登于《诗选刊》2016年11—12期合刊。

灰尘[1]

你总是不请自来，
赶也赶不走。
其实，这未必是你的本意。
但毕竟做了，给好心情涂上了阴影。
唉，有什么办法呢？
由于出身不好，
你只能背一辈子恶名。

① 创作于2015年9月10日，刊登于《诗选刊》2016年11—12期合刊。

故事[①]

你故意给人设了一个套，
让众多的人来到这个世上，
踏着春夏秋冬的台阶行走。
风花月夜是你释放出的诱饵，
无论苦辣酸甜，都执着着。
能说的，不能说的，
细腻的，粗犷的，
阳光的，猥琐的，
平淡的，惊心动魄的，装满了行囊。
我不知道别人的故事有多少？
我只知道和我有关的那些。

① 创作于2015年9月10日，刊登于《诗选刊》2016年11—12期合刊。

意念[1]

昨晚，心脏又在疼痛，
睡前是吃了药的。意念出现了危机，
反复嘀咕：马上去医院，要不拨打120。
在人生地不熟的夜晚，
动静太大了会惊动星星，
天亮了坐飞机回去。
手，把救心丸塞进了嘴里，
舌，死死地压住，压着命根。
早晨的风，不知道用了什么手段，
平静地把黑夜赶跑。我，
依然去吃饭，开会，争论。
之后，坐飞机回去了。

---

① 创作于2015年9月10日，刊登于《诗选刊》2016年11—12期合刊。

生命线[①]

手掌上，一条出了岔的线，能说明什么？
朋友说：这条线越长，不分岔，寿命越长。
还说，这条线分了岔会带来疾病。
我生下来时，母亲没注意这条线，
是不是现在这样。年轻时，
自己从来不重视这条线，任性。
到了挨欺负的年龄，疾病增大了胆。
我越来越觉得这条线可怕了，
心里像压着块石头，搬都搬不走。
这让我忽视了花的鲜艳，
闻不到草的味道，有时，
连阳光都不觉得晴朗。有一天，
我看啊看，忽然发现，这个岔还连着。

① 创作于2015年9月10日，刊登于《诗选刊》2016年11—12期合刊。

地平线[①]

我坚信地平线那边，不只有太阳，
正像夕阳落下的地方，不只有夕阳。
能够升起太阳的地方，一定蕴藏着巨大的能量。
大海？村庄？脚手架？运动场……
那里的一切，一定跟蓬勃有关。
而夕阳落下的地方，有夜莺？有蜜语？有火花……
还有一张巨大的床，能容下太阳的床。

① 创作于2015年9月10日，刊登于《诗选刊》2016年11—12期合刊。

饮食街[1]

在我家附近，一条小街，
不足两千米长。天南海北，
美味飘香。
保定驴肉张、宁晋包粥屋、
河北饺子馆、东北酱大骨、
重庆小面、山西刀削面、
安徽板面、无极手擀面、
兰州拉面、山西罐罐面、
新疆大盘鸡、重庆鸡公煲、
湘土私房菜、湖北精品菜、
西安肉夹馍、绵阳麻辣烫、
万州烤鱼、朝鲜冷面、
京东肉饼、新乡红焖羊肉、
成都酸辣粉、四川火锅、
铁锅柴鸡、铁锅炖鱼、
砂锅、馄饨、
炒饼、盖浇饭、

① 创作于2015年8月22日。

土豆粉、羊肉串、

……

美味诱惑胃口，

胃口挪动脚步，

今夜，我就到那家去。

母亲[1]

母亲的伟大是毋庸置疑的。
我的血是母亲的，
我的器官是母亲的，
我的生命是母亲的。

疾病无视伟大，魔爪出鞘。
母亲抽搐的脸，顽强抗争，
直到苍白。我的神经不由自主，
随母亲的痛楚抽搐。
母亲和我，两个躯体，
一个生命，各奔走一段路程。

① 创作于2015年8月21日。

蚊之罚[①]

整个晚上，一个轻微的几乎看不见的幽灵，
无数次俯冲，幻想着嗜血。
睡梦中，比嗜血者大几十万倍的受害者，
狠狠地，不由自主地，一次次挥舞手臂，
还击，抗争。牺牲整宿的睡和幸福。
接下来，嗜血者注定要失败。
蚊之罚，没有仇恨，只为安宁。

① 创作于2015年9月28日。

这一刻[①]

这一刻，在外飘荡的心，
终于回巢。一切回归原始。
疲惫的躯体，静养。
梦想留在另一个地方。
思绪，还会踏着光怪的舞步，
和诱惑私奔吗？

这一刻，外面的暴风雨，
停歇了。被拯救的心，
还能蛰伏多久？一切取决于伤痕，
深与不深。

① 创作于2016年9月6日，刊登于《诗选刊》2016年11—12期合刊。

火车站[1]

用速度传输生命，
身份证刷新记忆。
天南海北，充满渴望，
天涯海角，渴望重逢。
流量，穿越时空，
网银，撬动神经，
wifi，覆盖所有。
智能，打开拥堵，
快递心，到远方，
去见证，那坛老酒的纯度。

① 创作于2016年9月7日。

轮回[1]

来到这个世界
我茫然而行
从初春走向盛夏
从金秋走向深冬
生命在岁月里摇摆
涂一地杂乱的脚印
辗转五十个轮回
耳边回响着古老的钟声
人生的路还有多远
可否用心灵读懂
我忽然觉得
前方的风越来越紧
身后的雨越来越猛

---

① 创作于2016年9月14日。

途中缘[1]

这是我的缘，也是你的缘，
在一个陌生的车站，
你我踏上同一趟列车。
你给我让路，我让你先走，
让来让去，竟坐在了一起。
我的座位是1B，你的座位是1A，
你挨着窗，我挨着你，
两个人的眼睛，都盯着微信。
总该说句话了吧，我看了一眼你，
博得了你一个微笑，你没开口。
你瞧了我一眼，我还了你一个微笑，
也没开口。两个微笑又消失在微信里。
西安站到了，你站起身，
微笑了一下，没开口。
我微笑着挪了挪身子，让出了一条道，
也没开口。你回头微笑，渐渐地，
身影消失在窗外。我怔怔地望着窗外，
自言自语说：我的座位是1B。

---

① 创作于2016年12月1日。

骂[1]

两个六七十岁的老人，一男一女，
本应在湖边走走，享受一下阳光和静谧。
可谁知道，这两个老人，一男一女，
却偏偏选择对骂和互撕。这是总统选举，
这是美国法律允许的，这是美国人民允许的，
这是美国的风格。还有团队助阵，
还要电视直播，还专门搭建了对骂的舞台。
必须让全美国人看着骂才给力，
必须让全世界人看着骂才过瘾。
就是要骂他（她）一个体无完肤。
最后的日期到了，终于，
骂下去了一个老女人，骂上来了一个老男人。

---

① 创作于2016年12月1日。

河神[1]

小时侯，用石块打一个水漂，
河面上，就画出一连串银圈。
随着石块的消失，我的童年，
就嫁给了河神。
几十年后，河水枯竭了，
那粒沉入河底的石块，还在，
痕迹斑斑，裸露着，
可是河神不见了。河神走了，
我童年的婚姻，从此也结束了。

① 创作于2016年12月3日。

致乌镇[1]

从来，没有像乌镇这样，
看一眼，就像升入了美丽的天堂。
一个诗人，嫣然变成了一位画师，
大开大合，用浓笔，
把炽热和情感激扬。江南水乡，
这幅水墨画卷，实在是太具情调，
太具魅力了。若非这样，
人们啊！怎么会领悟到，
什么叫古典？什么叫现代？
什么叫飘逸？什么叫浪漫？
白墙，黛瓦，水阁，桥梁，石板巷……
街心的河面上，带乌篷的小船，
分明就是一首流动的歌谣，湿漉漉的
清响，缠绵绵的
消魂。再多看一眼吧，
这丰腴得体的美人，多妆一笔不浓，
少抹一笔不淡。怪不得，
那么多文人墨客，名流商贾，

---

① 创作于2016年12月6日。

都在这里留恋忘返，盘桓徜徉。
不要说乌锦，丝棉，篦梳，湖笔，
也不要说白水鱼，手工酱，三白酒，姑嫂饼，
仅一块蓝印花布，一件木雕竹刻，
和一杯杭白菊，就足够你神魂颠倒，
无所适从，甚至产生定居这里的念想。
水乡之梦，戏剧之梦已经让人心旌摇荡，
互联网之梦，又发出超级震撼的鸣响。
乌镇啊乌镇，你这是要全世界的智慧，
都集中在这里啊！扎根，成长，闪光。
夜里的灯火亮了，那是水天一色的妖娆，
神秘得无法抵近，抵近了又无法动摇。
还是快说出自己深藏已久的心愿吧，
用肺腑之力大声地呼喊：乌镇——我美丽的新娘！

有屁大声放出来[1]

扭捏，局促，
紧张，猥琐，
用尽全身力气，
想把屁掐死在门内，或者
消灭在裤裆里。
最终，还是弄出了大动静。
可笑的家伙，何必呢？
这个世界，本来就在对与错，
美与丑，香与臭的对立中
存在。尊重现实，
尊重自己，光明磊落，
这有什么不好呢？

① 创作于2017年6月10日。

“可恶”的伊沙[1]

在西宁机场，
豪华的候机大厅，
我饥渴地寻找食物。
我看到了伊沙
和他盖的那座
漂亮的房子——
《中国现代诗论》。
顺着发白的灯光，
我不小心钻了进去。
天哪！我看到了一群流氓：
双手沾满鲜血，
眼里冒着绿光，
坐在诗的躯体上，
啃着诗的骨头。
咔吱、咔吱，
发出悚人的声响。
我想逃出魔窟，
无奈，门窗已经关死，

① 创作于2017年6月11日。

恐惧到了极点。我拼命地喊：
怎么会这样呀？伊沙？
“可恶”的伊沙！